Desproges 2.0

Jean Michel Zurletti

Desproges 2.0

LE LYS BLEU
ÉDITIONS

ISBN : 979-10-422-1619-1

Préambule

S'essayer à réécrire les sketches de Desproges en 2023. Pourquoi pas ? Le monde politique a changé. Son intelligence et son écriture poétique, hors du commun, n'ont pas d'équivalents aujourd'hui. L'homme était un surdoué, comme il l'énonce dans l'un de ces sketches, « c'est vrai que je suis quelqu'un, j'ai un QI de 130 ».

Pierre Desproges (1939-1988) était un humoriste, écrivain et chroniqueur français très célèbre pour son style d'humour caustique, sarcastique et parfois provocateur. Il est surtout connu pour ses interventions à la radio, ses spectacles sur scène et ses chroniques dans la presse écrite. Desproges était reconnu pour sa capacité à jouer avec les mots, à manier l'ironie et à aborder des sujets délicats avec une perspective satirique.

Sa carrière a débuté dans les années 1960, et il est rapidement devenu une figure emblématique de la scène humoristique en France. Il a participé à plusieurs émissions de radio et de télévision, notamment « Le Tribunal des flagrants délires », où il a développé son style de comédie décapante.

Pierre Desproges a également écrit des ouvrages, dont certains ont été publiés sous forme de recueils de chroniques et d'essais humoristiques. Son humour était souvent sombre et subversif, et il n'hésitait pas à aborder des sujets tabous, tels que la mort, la maladie et la politique, d'une manière qui pouvait choquer, mais aussi faire réfléchir.

Bien que certaines de ses blagues et certains de ses commentaires aient été controversés, Pierre Desproges est toujours considéré comme l'un des grands humoristes français, dont l'héritage continue d'influencer de nombreux artistes comiques d'aujourd'hui.

Cependant, l'humour évolue avec le temps et est souvent influencé par les changements culturels, sociaux et politiques. Ce qui était considéré comme drôle et acceptable à l'époque de Desproges pourrait ne pas être bien reçu dans le contexte actuel. Certains éléments de ses sketches pourraient être perçus comme offensants, insensibles ou inappropriés selon les sensibilités contemporaines.

Chronique de la haine ordinaire

Chroniques de la haine ordinaire était une chronique quotidienne de Pierre Desproges diffusée sur France Inter en 1986. Échos, portraits, rumeurs à propos d'événements qui ont marqué l'année 1986 étaient disséqués en cinq minutes, juste avant les informations de 19 heures. Ces chroniques ont été diffusées du 3 février au 24 juin 1986.

Ces chroniques finissent par « Quant au mois de mars, je le dis sans aucune arrière-pensée politique, ça m'étonnerait qu'il passe l'hiver ».

Je reprends dans ce premier sketch la chronique du mois de février 1986 qui commençait ainsi : il était tant que janvier fit place à février intitulé « Bonne année mon cul ».

Bonne année mon cul.

Il était grand temps que le premier quinquennat fasse place à son successeur, le deuxième quinquennat. Une décade de décadence en perspective, diront les culs pincés des extrêmes de chaque côté de la raie considérant que je suis au centre.

Ce premier quinquennat est sans conteste le quinquennat le plus *gileté de jaune* à mettre à poil les sans-culottes, le plus *rondpointisé* des campeurs à la sauvette, le plus confiné des machos en herbe, le plus quadragénaire de tous ceux de la Ve République.

Les moins doués d'entre vous auront peut-être remarqué que ce premier quinquennat commence au commencement et se terminera à la fin.

Et que dire de ce premier quinquennat, si ce n'est qu'il a été le jour maudit où une horde de crétins en gilets jaunes ont bloqué tous les ronds-points pour carrer mon gouvernement ? Dans crétin il y a *tin* de hautain et une clémentine qui n'a que de clément que sa verve en sourdine.

Heureusement, durant ce quinquennat, j'ai émincé mes discours pompeux et hypocrites. Pour les vœux télévisés du 1er janvier : « bonne année mes chers con… ». C'est simple, c'est sobre, et ça vole assez bas pour hisser les premiers de cordée. Un quinquennat dont les cinq dernières années sont à marquer d'une tache : *Edouard Philippe*. Je n'en retiens que les soubresauts glauques et moroses de l'actualité qui l'ont parsemée.

Je récapitule :

Je décide donc de supprimer la taxe d'habitation. Il y a tous ces obsédés qui entendent *bite en action* et qui se remettent à baiser de plus belle après on dira qu'on n'est pas des animaux mercantiles.

Je retire cinq euros des APL. On me reproche de retirer de l'eau frémissante deux paquets de pâtes par mois aux jeunes étudiants ce qui réveille les consciences *Panzanienne* reprenant à leur sauce la tambouille *mussolinienne* en jetant de l'huile sur le feu de la nouille capitaliste.

Mon ministre *monsieur Hulot* annonce que les ventes de voitures thermiques seront bannies d'ici 2040. 2040, il aura quatre-vingt-cinq ans le bougre, *monsieur Hulot* sera en vacances, s'habillera chez *Tati,* et aura tout loisir de se déplacer en fauteuil roulant électrique pour tâter les couches des mamies dans les EHPAD.

Enfin, je décide de réduire la vitesse à 80 km/h sur les routes. Offusqués, les gilets jaunes y voient *une mesure gastéropodique* qui les menace à terme de les réduire à des mollusques mettant en danger leur masse viscérale par torsion abusive lors des déplacements tardifs vers les bars des sports.

La police me réclame du fric. Ils défilent déguisés en Schtroumfs *bleus bite*, la matraque dissimulée dans leur pantalon. On pourrait croire à les voir ainsi déambuler sur les champs le mât en avant, à une démonstration *de trique généralisée* issue d'une poussée de testostérone laissant planer la suspicion d'un trafic de viagra à l'intérieur de l'institution.

Les paysans bretons refusent les portiques pour payer la taxe carbone, ils menacent de lâcher des vaches péteuses dans la capitale pour augmenter le taux de carbone dans les rues de Paris. La diarrhée mentale continue d'alimenter le discours syndical.

Quant à la première dame, elle refuse de vieillir. Elle se fait donc lifter. Cela coûte à l'état la peau de ses fesses, à moins que ce ne soit la sienne.

J'ai eu la malheureuse idée de dire qu'il suffisait à un chômeur de traverser la rue pour trouver du travail. Cette phrase a fait les choux gras de la presse si gras que la chaussée en est devenue glissante pour les fainéants.

La Covid a instauré la distanciation sociale. Je pensais que le confinement rapprocherait les gens, mais l'effet pervers du port du masque a négligé le brossage des dents et le changement quotidien des sous-vêtements. La *distanciation Muster* s'est substituée à la distanciation sociale.

Le passe sanitaire devient obligatoire. Les alcooliques sont exclus des bars, tout comme le personnel soignant des hôpitaux. Paraît-il que ce sont les mêmes.

Mauvaise nouvelle : l'un des *frères Bogdanoff* est décédé du Covid.

Bonne nouvelle : son frère aussi.

Un malheureux a osé me gifler. Mais le temps que je lui tende l'autre joue, il avait déjà été arrêté. Dommage, j'aurais pu me faire appeler Jésus-Christ.

Je me sens dans l'obligation d'exprimer ma gratitude envers *Poutine*. Le déclenchement de la guerre en Ukraine a facilité ma réélection pour un deuxième quinquennat. Poutine doit se mordre les doigts de ne pas avoir attendu jusqu'au 25 avril, et *Marine Le Pen* également. Il semble que ce ne soit pas seulement son prêt qui soit à taux zéro.

Et voilà, le deuxième quinquennat est là. Sec comme un coup de matraque, avec des gens qui défilent dans les rues, principalement des blancs. C'est le quinquennat de *saint Emmanuel,* et je dois avouer que je m'en branle éperdument, tout comme *sainte Élisabeth*, qui se fait traiter de cloche dans un hémicycle qui sonne le glas pour elle. C'est également l'époque des réformes, où les futurs retraités sont si impatients de toucher leur maigre pension qu'ils ne veulent pas attendre deux ans de plus pour en bénéficier. Les statistiques sont irréfutables : mon deuxième quinquennat sera bien plus long pour vous que pour moi.

Quant au troisième quinquennat :

Bonne nouvelle : je ne pourrai pas me représenter.

Mauvaise nouvelle : *Edouard Philippe* se présentera à ma place.

Je baisse

Dans je baisse, il commence par expliquer à son public qu'il s'emmerde profondément d'être sur scène parce qu'il n'a ni envie de rire ni envie de faire rire, avant de traiter ceux qui se sont déplacés pour le voir de zozos et de conclure qu'il ne les aime pas. Puis suggérant sa maladie, il affirme : « Vous rigolez, mais je vais vraiment me détruire ». Dans je baisse, il invoque la déchéance du corps et de l'esprit avant d'écrire : s'il n'y avait pas la science, combien d'entre nous pourraient profiter de leur cancer pendant plus de cinq ans. Je baisse, c'est plus vivable, autant en finir.

J'espère sincèrement que vous ne regretterez pas de m'avoir élu. Certains pensent avoir plus de neurones dans l'intestin que dans le cerveau, moi je dois avoir un morceau d'intestin dans le cerveau qui fait des gaz, parce que j'ai un melon qui gonfle démesurément. HP plus haut que mon cul ! Enfin, cela précisé, en réalité, j'espère que ce sentiment de regret ne vous envahira pas autant que moi-même je regrette d'avoir à vous diriger.

Permettez-moi de préciser que je préférerais être ailleurs, car depuis que ma tête a servi d'abat-jour, brandie en haut d'une pique, je dois dire que cela érode mon empathie comme une pierre, ponce la peau des pieds de *Gérard Larcher.* Je n'ai plus envie de présider à la destinée d'un peuple qui veut se payer ma tête alors que visiblement, il n'en a pas les moyens.

À l'heure actuelle, je m'ennuie profondément, je ne sais pas si cela se voit. Je me sens extrêmement mal à l'aise d'être ici, presque gêné de me donner en spectacle devant des téléspectateurs à la vision *cataractique* et *appareillés aux embouts*, des rescapés qui tentent de m'écouter encore, car je le sais très bien, mon électorat est plutôt en âge de *ménopausique avancée* voir *d'andropausique* en phase *prostatique énucléé.*

Étant issu d'une éducation bourgeoise, raffinée et discrète, où l'on m'a inculqué conjointement le respect des bonnes manières et le mépris de toutes formes de vulgarité, vous comprendrez aisément la nature humiliante de cette exhibition devant vous, peuple de pantins plus ou moins amusés, car peu d'entre vous sont probablement issus de mon milieu social.

Pour ne rien arranger, j'ai une aversion profonde pour les moqueries et les slogans dénués de classe. Je vous le dis d'emblée, manifester et revendiquer sont une attitude totalement vulgaire. Prenez donc vos allocations, restez dignes, courbez l'échine, cela vous grandira à mes yeux.

Il est vrai que rien qu'à l'idée que vous puissiez manifester votre mécontentement, j'ai déjà honte pour vous.

Je suis profondément désolé de devoir exprimer de telles pensées, car certains sont sortis exceptionnellement de leur EHPAD pensant que c'était la fête des Mères, dans le seul but de voter pour votre majesté. Mais je vous le dis, à la vue de la tournure des événements, il me semble plus raisonnable de vous laisser à votre funeste destin : le RN.

Après moi, le déluge comme dirait monsieur Hollande.

D'ailleurs, il est bien trop tard maintenant. Vous aurez un jour les dirigeants que vous méritez, des dirigeants qui vous ressemblent.

Je vous assure, cela me peine d'en arriver là, mais comment dire ? Je ne vous aime pas, voilà.

J'aimerais bien vous aimer, mais je ne peux pas !

Il est évident que je suis trop différent !

Dieu a divisé l'humanité en deux grandes catégories, vous et les autres, n'est-ce pas ?

Quant à moi, je ne suis ni l'un ni l'autre, je ne suis ni vous ni les autres. Vous voyez bien que je suis différent, et que je ne peux pas vous aimer. Vous le voyez bien, non ?

Oh, je sais bien que Dieu a dit : « Tu aimeras *Macron* comme toi-même », c'est vrai, je le sais. Mais Dieu aurait dû dire : « Je vais demander à Macron s'il est d'accord pour que je demande à son peuple de l'aimer », car être aimé par son peuple, c'est un peu comme aimer un film grand public, c'est vulgaire !

Vous pouvez rire, mais je vais réellement vous abandonner à l'extrême droite !

Allez-y*, bandez là* !

Mes chers concitoyens, vous êtes inlassablement en quête de l'absurde, et vous l'obtiendrez. Vous rêvez *de Le Pain,* et bien vous aurez aussi le couteau, mais sans *le beur fondu* en mer sous le chaud soleil méditerranéen, pour tartiner vos insipides tranches de vie et vos emplois pénibles ! Un retour à l'âge de pierre, spécialiste en tous genres du béton armé jusqu'aux dents et bâtisseurs de murailles *Carcassonienne* de Sète à Menton.

On régresse, on régresse, il ne faut pas croire. Sur le plan intellectuel, artistique, scientifique, on n'a plus le *lampadaire* d'antan !

En matière artistique, par exemple, on est totalement dépassés. Le cinéma français est dans le même état que *Depardieu* et *Alain Delon.* L'un se tapait sa bonne, l'autre les trouvait toutes bonnes.

Sur le plan scientifique, ce n'est pas mieux. Le vaccin contre la Covid-19 a rendu furieux les antivacs, *inoculer est synonyme d'enculer*. Heureusement, le professeur Raoult, réincarnation de Vercingétorix, est venu sauver, le peuple gaulois, des Romains et de ses *ARN* pleines de lions.

Pourtant, la science n'est pas un ramassis de bêtises, bien au contraire ! L'homme a inventé l'intelligence artificielle. On se doutait qu'en politique que certains déjà en étaient dotés pour compenser un cerveau qui en refluant vers les extrêmes avait laissé un trou béant au milieu.

Grâce aux prodigieux progrès de la science, je peux maintenant voir la photo de la première dame s'afficher sur l'écran de mon téléphone. C'est fabuleux, surtout depuis son lifting !

Grâce aux fantastiques avancées scientifiques, je peux maintenant mépriser mon peuple d'encore plus haut, en envoyant des drones au-dessus des manifestations. Et si la science n'existait pas, pauvre peuple, engoncé dans ton ingrate ingratitude et ton abjecte ignorance, combien de malades du cancer ne pourraient pas profiter de l'entièreté mon deuxième quinquennat ?

Aujourd'hui, je chute dans les sondages. Ce n'est pas moi qui le dis, c'est *Raoult*. Il disait : « Le fait de ne pas être d'accord avec la majorité n'est pas une tare. » Oui, je suis *le Raoult de la politique*, j'ai une majorité de crétins contre moi parce qu'il y a une majorité de crétins dans ce pays. Ma popularité, c'est pire que tout. Dans les sondages, je dégringole, je dégringole, je dégringole. Ma chute est *galiléenne* dans un espace médiatique aussi vide que l'espace sidéral où mon lourd QI ne pèse pas plus qu'un QI *Hanounesque*, *Bigardien* ou bientôt *Ségolénisé Royal*.

Alors, permettez-moi de vous dire, à vous, le peuple des idées raccourcies à qui il ne faut surtout pas toucher à votre poste : vite *Marine*, vite ! Allez-y, *bandez là* ! Premier ministre !

C'est vrai que je ne suis pas n'importe qui

Il commence ainsi : *C'est vrai que je ne suis pas n'importe quoi j'ai un QI de 130. Il parle d'un club très fermé dans lequel on trouve Fabius et Giscard, dans lequel Pasqua aimerait bien venir. Il dit partager ce point commun avec Einstein, je peux confirmer dans tous les cas qu'il en partage le même génie.*

C'est vrai que je suis un HP. Hautement Perspicace, Hyper Pointu, ou encore Haut Potentiel, au choix. J'ai un quotient intellectuel de 130. Cela signifie que j'ai un esprit exceptionnellement brillant à faire pâlir la relativité déjà restreinte d'Albert Einstein. Mais est-ce vraiment utile de posséder une intelligence hors du commun qui aurait pu découvrir que l'éther n'était pas le fluide subtil emplissant tout l'espace dans lequel surnager un peuple qui préférait l'alcool à 90 ?

C’est un peu comme jeter des perles aux cochons, du pur gaspillage !

D’ailleurs, dans le monde politique actuel pour être élu il faut être atteint de *cassorolite aiguë*, ça excite la ménagère de moins de cinquante ans et ça préfigure les futurs concerts de Tam-Tam à la gare Montparnasse.

Comme si la ruse était la clef du succès dans ce domaine ! La vérité en politique a succombé la *Trumperie républicaine* qui a dissous la réalité dans la misogynie exacerbée de ses fanfaronnades chevelues entre une queue de loutre et un épi de maïs en fleur, liquéfiée pour masquer un crâne aussi dénudé qu’à l’intérieur.

130, vous vous rendez compte ? Comment ai-je découvert cela ? J’ai simplement effectué un rapide calcul mental comparatif lorsque j’ai rencontré François Hollande. Il m’a dit : « Eh Manu, fais gaffe, j’ai un QI de 100 ! ». Tout de suite, j’ai eu envie de quitter mon illustre métier de banquier, pour lequel je suis si doué, et de prendre sa place. Je savais que chez les *Rothschild*, je pouvais créer de la richesse. Mon ambition était donc de savoir si j’étais également capable de créer de la pauvreté. Il ne fallait plus mépriser cette voie qui pousserait les moins fortunés à devenir encore plus pauvres en travaillant.

Bon, je sais que ce n’était pas gagné d’avance.

Les pauvres s'accrochent comme des morts de faim à leur poignée d'amour qu'ils ont patiemment épargnée en bouffant de la merde chez *LDL*.

C'est véritablement épineux, ces questions du test. Testons un peu, juste pour voir. Parmi cette ribambelle de mots, cherchons l'intrus : islamophobe, misogyne, *Zemmour*, grand remplacement… Alors ? Eh bien, *tous les mêmes*, pourrait nous chanter *Stromae*.

Et que dire de ceci : à la suite de l'accident de voiture de *Pierre Palmade*, il y en avait un seul qui n'était pas plein, Palmade lui-même, le passager avant, le passager arrière, le réservoir… Facile, c'est le réservoir !

Désormais, je ne fréquente que des esprits affûtés avec un QI de 130 ou plus. Je ne suis pas condescendant, mais en dessous de 90, on les repère facilement : ils descendent dans la rue pour manifester. Eux, c'est la lutte, moi, c'est la classe.

Et nous par ailleurs, quand on drague une femme, ce n'est pas pour son Q, mais pour son QI.

130, des esprits brillants comme le mien, on en trouve un peu à gauche, c'est très rare à droite, et inexistants au RN ou alors utilisés à des fins hégémoniques.

Nous formons un cercle très sélect au gouvernement. Rien que des QI de 130. *Bruno* vient d'y entrer, tout comme *Elisabeth*. *Darmanin* cherche désespérément les 30 points qui lui manquent.

Remarquez, avec un QI modeste de 100-110, on n'est pas totalement dépourvu.

N'importe quel abruti peut comprendre qu'un corps plongé dans l'eau en ressortira, mouillé. Presque sans surprise.

Mais je parie que les électeurs de mes adversaires politiques, avec un QI inférieur à 130, ne sont pas foutus de m'expliquer pourquoi en créant « En marche », j'ai créé une version moderne du théorème d'Archimède à l'envers : lorsqu'on plonge un poids lourd de la politique dans le grand bain démocratique, le niveau de l'abstention baisse plus que si l'on y plonge un poids léger. Ce qui m'a incité à faire une version *Zemourienne,* mais démocratique du grand remplacement du personnel politique en 2017.

Pour vous donner une image qui pourra imprégner vos esprits rabougris par la poussée *Hanounesque* qu'est la force particulière que subit un esprit non critique placé entièrement ou partiellement devant *TPMP* dès 18 h 30 et soumis à un champ de gravité *C new sien.*

Cette image c'est de plonger un poids lourd de la politique *monsieur Larcher* par exemple dans une baignoire remplie d'eau et de mesurer le niveau de l'eau, ensuite de constater qu'un poids léger de la politique comme moi fera baisser le niveau de l'eau, et bien c'est pareil pour l'abstention.

Étonnant, car c'est contre-intuitif !

Et ce n’est pas seulement le niveau de l’eau qui baisse. Malgré mon QI de 130, le QI de mes compatriotes n’a pas augmenté, à en croire leurs choix politiques. Pire encore, il a même baissé ! Tant pis, je continuerai sans eux, à suivre les traces de *Napoléon*. Après tout, on partage un fort QI tous les deux, comme *water* et *eau*.

On me dit qu'un juif s'est glissé dans la salle ?

Un sujet sensible qu'il traite avec son ironie habituelle. Je le cite : « Quand on dit que les juifs allaient en si grand nombre à Auschwitz, c'est parce que c'était gratuit ».

Dites-moi, on me susurre à l'oreille que quelques Macronistes se sont glissés dans la salle. Ah, vous pouvez rester, bien sûr. N'empêche…

On ne m'ôtera pas de l'idée que de nombreux Macronistes ont eu une attitude hostile à l'égard des gilets jaunes.

Il est vrai que les gilets jaunes de leur côté ne cachaient pas une certaine antipathie à l'égard de *Monsieur Macron*.

Ce n'était pas une raison pour exacerber cette antipathie en arborant sa chemise blanche à *la BHL* pour bien montrer qu'il est lui aussi un héritier de *Matthieu Ricard*, non ! pas le pastis, ne vous méprenez pas ! et pourquoi il n'ira pas assister à la finale de la coupe de France dans le tunnel des vestiaires si ça lui chante, et même, pourquoi il n'ira pas prendre une douche avec les joueurs, s'il veut… c'est qui le chef de l'état !

Quelle suffisance !

Ne me faites pas dire ce que je n'ai pas dit. Je n'ai personnellement aucune animosité particulière contre lui et les Macronistes en général, tout du moins, le menu fretin restant nageant en eau trouble.

Bien au contraire. Je suis fier d'être citoyen de ce beau pays de France où les Macronistes sont en voie de disparition.

Je sais faire la part des choses. Je me méfie des rumeurs malveillantes. Quand on dit que Macron : il a été élu *par des faux*, je pouffe, il y avait aussi de vrais cons.

En réalité, il y a deux sortes de Macronisme : le Macroniste de gauche et le Macroniste de droite.

Le Macroniste de gauche a perdu son âme en même temps que son identité. Il est dégoûté, il ne va plus aux chiottes, il va aux *chiotti.* Il est infoutu de reconnaître le moindre bateau de pêche breton d'un *kwassa-kwassa.*

J'en connais, j'en ai plein mes soirées. Ce sont les rejetons du Hollandisme conçus sur un scooter « En marche ». Ils n'auront même pas la consolation d'être reconnus par leur géniteur, celui-ci s'étant depuis lors marié sans *Gayet de cœur.*

Le Macroniste de droite, c'est différent.

Il se sent plus de droite que Macroniste. Il renâcle à se mélanger le poil, victime de pelade, il avance sans se sourciller, qu'il a perdu aussi.

Depuis lors, il est plus difficile de dos, de distinguer le crâne Macronisme de droite du crâne de droite LR. *Edouard* se pèle tandis qu*'Éric* nous rase avec ses parties de pêches migratoires. Formation de cours de nage accélérée pour le retour au pays anticipé. Que dire sinon que la *(mer) patrie* advienne ?

Aujourd'hui, pour se faire élire incognito, les Macronistes se font rallonger le nom. Ne dirait-on pas *Darmanin de jardin* ? *Borne out* ?

Et d'ailleurs tous les Macronistes ne sont pas riches. Il y a aussi des milliardaires.

Tous les Macronistes ne sont pas banquiers. Il y a aussi des financiers.

Tous les Macronistes ne sont pas des personnes d'un certain âge. Il y a aussi la première dame.

Enfin, presque tous. Pensons aussi que le Macroniste peut aussi aller de *Gabriel Attal* à *Jacques Attali médicalisé.*

Les *sarkozystes*, ce n'est pas sûr… En même temps, *Sarkozy* fut le seul président de la République qui était à la fois président de la République et ministre des Affaires qui lui étaient étrangères.

Il risque de finir à l'ombre pendant que *Carla Brunie*.

D'ailleurs il n'y a aucun rapport entre les sarkozystes et les Macronistes, y en a un qui faisait des affaires pour aller à la santé, l'autre qui fait des affaires sur la santé des travailleurs.

Les Macronistes bien sûr ne se marient qu'entre eux. Non, à l'évidence, la première dame n'aurait pas pu tomber amoureuse d'*Emmanuel* s'il n'était pas Macroniste. Ça tombe sous le sens.

Moi-même qui mangeais de l'entrecôte charolaise j'ai complètement raté mon couple parce que j'ai épousé une végétarienne adepte de *Rousseau*. *Sandrine* bien sûr, pas *Jean Jacques*. Nos coutumes ne convergent plus. Et Dieu seul sait qu'une *verge*, c'est con.

Voilà une femme qui ne mange que des graines et qui de surplus me traite à moi de coq parce que j'organise des barbecues.

Il n'y a pas de compréhension possible.

Nous avons notre *sensibilité carnivore*

Nous avons bien sûr notre humour un peu gras lorsque la saucisse n'est pas encore grillée qui n'appartient qu'à nous.

Nous partageons entre nous une certaine angoisse du faux steak déguisé en végan.

Il faut avoir souffert en le mastiquant pour comprendre.

Que choisir

Je le cite : *« Oh puis merde, je n'ai pas tellement envie de me détruire, moi, finalement. »* Et il rajoute : *« Et puis le suicide, ça ne s'improvise pas comme ça... »*

Et puis merde, je n'ai pas tellement envie de dissoudre, moi, finalement. Je ne vois pas pourquoi je vais foutre en l'air mon quinquennat sous prétexte que j'ai été élu par un peuple incapable de me donner une majorité à l'Assemblée nationale, qui vient mater ma fougue politique devant son écran, dès que je le sonne. Vous savez ce que vous êtes, tous, là, des voyeurs, qui zieute un exhibitionniste, car voyez-vous comme je me branle de vos préoccupations, vous ne le savez pas, mais je suis nu sous mon bureau quand je m'adresse à vous. Je sais, c'est petit, mes proches qui l'ont vu peuvent le confirmer.

Puis d'abord la dissolution, le suicide politique, ça ne s'improvise pas comme ça… Qu'est-ce qu'il y a pour se suicider politiquement en fait ?

Passer l'âge légal de la retraite à 64 ans.

Voter les lois à coup de 49,3.

Nommer *Elisabeth Borne* Première ministre.

Et *François Hollande*, bien sûr !

Hé ! je dis exprès *François Hollande* parce qu'il existe une superstition très tenace pour un politicien de prononcer le nom de *François Hollande*, parce que ça porte malheur à tous les coups, surtout en matière météorologique. Sachez que ce monsieur élu président de la République est devenu une grenouille dans un étang, prenant l'eau à chacune de ses commémorations, même aux endroits, où il ne pleut jamais : ce qui lui a fait dire, *gouverner, c'est pleuvoir !*

Pire encore, il a continué, après lui, évidemment le déluge : moi, *Macron*.

Alors qu'est-ce que je disais ?

Âge légal retraite 49.3 ou *Borne* ? Il faut toujours choisir parmi le pire, ce n'est pas marrant… Je n'ai jamais su choisir, alors je pratique la politique du « en même temps ».

Et pourtant il faut toujours faire un choix en politique comme le disait quelqu'un « la politique consiste à choisir entre le désastreux et le désagréable » ne vous moquez pas, moi avec le « en même temps » j'ai trouvé le concept qui me permet de faire les deux.

Je n'ai jamais pu choisir, je voulais en même temps la tétine et le téton, et je finirai par me faire à moitié enterré à moitié incinéré ! De sa naissance à la mort l'homme est en permanence confronté à des choix, alors moi je mange en même temps fromage et dessert, je prends en même temps l'argent et l'argent du beurre, je fais en même temps une baisse des impôts et une augmentation des taxes, et je peux être, en même temps, à la messe et sonner les cloches, et en même temps faire du *Desproges et de loin* !

Eh bien, suis comme ça ! c'est mon habitus !

Eh, je sais dans habitus, y a le début du nom vulgarisé de l'appareil reproductif masculin et la fin du nom organique d'un célèbre trou.

Eh ! C'est pas cochon habitus ! Habitus ça veut pas dire « faire usage de », ne vous inquiétez pas, pas ici sur scène, je ne la sors jamais lorsqu'il y a plus de cinquante personnes dans la salle.

Ça veut dire être habité par l'usage, l'usage d'une existence riche en rebondissements sur d'innombrables sommiers dont j'ai oublié le nom.

Tout au long de mon quinquennat, j'ai été confronté à des choix difficiles : Gilets jaunes, bonnets rouges, masques obligatoires, mauvaise haleine, vaccin obligatoire effets secondaires facultatifs, anti-passe fort Boyard, enfin *passe-partout*.

Mais ne croyez pas ça, je fais jeune, mais je suis vieux. Vous vous rendez compte, la première dame est née sous *René Coty*. J'ai une peau de bébé, vous savez, je prends soin de retarder le vieillissement de mes cellules en menant une politique volontariste sur la pratique du jeûne par le biais d'une inflation galopante.

Bon alors ! qui choisir en 1981 entre *Giscard* et *Mitterrand* alors que je sortais à peine du choix de la couche ou du pot, je n'avais que 4 ans. Eh bien, pour être franc, j'ai longtemps hésité entre les deux. Oui, j'ai rêvé comme tant d'autres bambins de mon âge, enfin les plus intelligents, que *Giscard* vienne dîner chez moi en écoutant en même temps, les radios libres de la bande FM promises par *Mitterrand.*

Il faut dire que cette période fut audiovisuellement très ennuyeuse, C8 n'avait pas encore engendré l'épouvantail du PAF *l'Hanouna*. La seule distraction pour les Français de l'époque c'était, après la messe de se taper un débat de *Georges Marchais* avec *Elkabbach*, alors ils ont eu la synthèse, le premier en même temps de la V république, c'est *François Mitterrand,* le président du en même temps, à la fois ami de *René Bousquet* et résistant, ce que l'on appelait : *vichysto-résistant*.

Bref à force de tergiverser je n'avais toujours pas pris de décision, la première dame restera donc pour moi et même temps : ma compagne et ma mère.

Je ne suis pas à proprement parler ce qu'on appelle un maniaque

Dès le début, il exprime qu'il aime que tout soit bien rangé. Je le cite : « Je me verse moi-même le thé au milieu du bol, le sucre doit être vertical sinon c'est le bordel. J'aime que les choses soient parallèles, je n'apprécie rien que cet instant où ma montre indique 11 h 11 ».

Je ne suis pas à proprement parler ce qu'on appelle un maniaque, je suis le dictateur de Corée du Nord, *Kim Jong-Un*, un dictateur est un maniaque et pour lui le moindre détail compte j'aime que dans mon pays que tout soit ordre et rangement.

La diarrhée est interdite et sévèrement punie. La diarrhée, c'est le désordre intestinal et tout désordre est sévèrement réprimé.

Le peuple mange moins donc il ne fait que de toutes petites crottes, c'est plus propre et en plus il mange beaucoup de riz. Une politique de la constipation c'est moins de crottes et moins de chasse d'eau consommée dont c'est bon pour la planète.

Évidemment la diarrhée mentale capitaliste qui se répand sur les TV américaines et les réseaux sociaux est aussi interdite. La liberté d'expression, ça pue ! La cacophonie c'est le désordre, une seule voie, la mienne, le pouvoir doit être vertical sinon c'est le bordel. Ce que j'aime bien quand je fais *pendre* quelqu'un qui a trop parlé, c'est le silence de la verticalité de son corps par rapport au sol. La verticalité m'apaise. Parfois j'en fais *pendre* plusieurs en même temps, côte à côte. J'aime que les choses soient parallèles comme deux corps qui s'étirent le long d'une corde. J'aime bien les zèbres, les rayures sont parallèles.

Quand je fais fusiller quelqu'un, je n'apprécie rien tant que cet instant trop éphémère où j'imagine que la balle qui sort du fût du canon est parallèle au sol. Parfois j'ai un orgasme, certes court, orgasme qui se meurt lorsque la balle pénètre la peau du fusillé.

J'aime que l'on soit à l'heure. Et d'ailleurs, l'heure c'est moi qui la décrète. J'ai supprimé les fuseaux horaires. De toute façon personne n'en a besoin puisqu'il est interdit de sortir du pays, en dehors de mes missiles, et vu que la terre est plate, ils ne servaient plus à rien. Les bébés doivent naître à terme, les prématurés devront retourner purger leur peine dans le ventre de leur mère.

Mon projet, c'est un défilé militaire au Viagra. Faire bander mes soldats pour mettre *leurs bites* dans un alignement parfait. Mais reste que nous les Asiatiques on n'est pas en la matière les plus armés.

Je ne suis pas ce que l'on peut proprement appeler un maniaque, mais j'ai pris quelques mesures qui tombent *pile-poil* :

Interdiction d'avoir un animal domestique chez soi.

Pas plus de cinq centimètres de cheveux pour les hommes.

Coupe de cheveux pas plus longue qu'un carré pour les femmes.

Les *poils du cul* sont autorisés puisqu'ils servent de papiers hygiéniques. Comme tout dictateur qui se respecte, j'ai fait interdire les tampons hygiéniques, j'aime que le sang coule.

Le préservatif est aussi interdit, afin de préserver la prolifération de mes sujets à mon service.

Que voulez-vous, j'aime l'ordre. C'est un besoin de clarification dans ma pauvre tête (il n'y a que ça de pauvre chez moi) de dictateur congénital.

Lorsque mon père est mort, j'ai fait interdire à mon peuple de rire pendant 11 jours. 11 jours parce que les deux 1 sont parallèles, ça n'a pas été le plus difficile pour eux, le coréen ne rit pas, il le mange c'est tout. Un Coréen lorsqu'on croit qu'il rit, c'est qu'il est constipé.

Pensez : je suis aussi dyspraxique. J'ai du mal à me repérer dans l'espace. Lorsque j'envoie un missile, il tombe toujours à côté de sa cible.

Et ce ne sont pas là que les moindres de mes tares, il y a plus grave, je suis aussi névrosé et psychotique. Ce sont deux désordres dont souffrent tous les dictateurs de la planète, sinon ce ne seraient pas des dictateurs bien évidemment.

Savez-vous seulement quelle est la différence entre un dictateur névrosé et un dictateur psychotique ?

Un dictateur psychotique est un dictateur qui croit dur comme fer que son peuple l'aime et ça le satisfait

Un dictateur névrosé est un dictateur qui croit dur comme fer que son peuple l'aime et ça le rend malade parce qu'il fait tout ce qu'il faut pour ne pas être aimé

J'en avais parlé à mon psy avant de le faire fusiller. Il m'avait dit : « je pense que c'est parce que vous avez une *petite bite* que vous faites croire aux Américains que vous avez un gros canon, c'est un complexe classique qui fait construire des complexes militaires à des complexés ».

Il m'avait parlé d'une thérapie de groupe avec *Poutine, Bachar el-Assad, Loukachenko*, *Isaias Afwerki, Xi Jinping* pour voir qui avait la plus grosse, car tout ce malheur imposait à leurs peuples se jouait là pour quelques centimètres de plus ou de moins, malgré qu'à ce petit jeu ce sont les africains qui gagnent toujours.

Alors bon, qu'est-ce qu'on fait ?

Je le cite : *« Ah bon, qu'est-ce qu'on fait ? Et si je poussais une longue plainte déchirante pudiquement cachée sous la morsure cinglante de mon humour ravageur, encore faudrait-il que je croie en un combat... »*

Et si je poussais une petite tirade Macroniste pudiquement caché sous la morsure cinglante de mon intelligence dévastatrice ?

Encore faudrait-il que vous en valiez la peine.

Ah ! Bien sûr, si j'avais cette hargne *mélenchoniste* qui appelle à la révolte et au pillage permanent de tout ce qui respire, y compris dans les zoos, les chenils, les ruches et les fourmilières, on pourrait dire que je suis un président engagé. Mais je suis le contraire, je suis un président que l'on veut dégager. Je ne peux pas être engagé. À part l'extrême droite, il n'y a rien au plus que je méprise que l'extrême gauche.

Et d'abord quelle gauche ? L'*anus pêche (la Nupes)* aux voix, qui met un doigt profond dans l'irréconciliable unité de la gauche, celle qui a perdu son âme socio-démocrate Hollandiste au profit de la *tarte Ruffin*.

Quelle droite ? La droite cynique qui comptabilise pour un noir qui rentre clandestinement, c'est cent bulletins blancs qui deviennent *bleu Marine*. Je vous dirai que, sur le fond, ça ne change rien, ce sont des bulletins nuls.

Quelle gauche ? Vous prêterez votre peigne vous à *Mélenchon* pour qu'il mette la France comme lui à la raie ? Moi non je ne lui prêterai pas mon peigne…

Mélenchon, je ne l'accable pas, c'est un homme de la voirie, du cantonnier et du camion poubelle. Dans la rue, il rêverait d'être pauvre pour y habiter. La rue c'est l'autoroute, pense-t-il, la plus rapide qui peut l'amener au pouvoir.

Ne soyons pas *anti-LFiste primaire*, bien que, en conceptualisant le chaos, Mélenchon utilise le matérialisme marxiste à sa propre sauce « Remettre la dialectique sur les pieds, c'est-à-dire sur des bases matérialistes » sauf que lui, il casse les pieds à tout le monde. Je sais, ce que je raconte c'est emmerdant, c'est comme la TV, on zappe cent chaînes puis on revient sur *TF1*.

Quelle droite ? Je ne prêterai pas mon peigne à *Mélenchon,* mais je ne donnerai pas mon chien à garder à *Zemmour* parce que mon chien il est noir et il nage très mal. J'ai vu des photos dernièrement, madame *Le Pen*, elle a six chats et aucun chat noir. Cela étant, ce n'est pas comme son père, elle a peut-être une chatte qu'elle cache par pudeur.

Ni droite ni gauche.

Qu'on soit de droite ou de gauche, on est amputé d'une partie de nous même lorsqu'on fait ce choix binaire. Veuillez admettre mes chers concitoyens qu'on est des êtres asymétriques dont chaque membre est nécessaire à l'autre pour son équilibre, pour son autonomie, pour son harmonie, que dis-je, pour une société consensuelle. Que croyez-vous ? Que *Jamel Debbouze* soit de gauche !

Je suis un président à dégager.

Ce qui ne veut pas dire que je ne ressens pas les problèmes de mes sujets avec la même indifférence que ceux qui prônent le grand remplacement des rafiots pourris surchargés par des rafiots construits avec des cagettes récupérées chez *LIDL* pour le retour.

Dégagé oui, mais indifférent non.

Les injustices sociales me révoltent.

Merde alors ! Toutes ces cotisations prélevées sur le salaire des travailleurs pauvres pour verser des allocations familiales à des familles nombreuses, une boîte de préservatif par famille par mois pendant la période de reproduction aurait coûté moins cher à la collectivité.

Les riches forment une grande famille, mais ils ont du mal à proliférer. Ce n'est pas qu'ils aient la *bite molle,* je dirais plutôt qu'ils ont tendance à ne pas distribuer leur ADN au premier pauvre venu. Le millilitre de sperme d'un salarié de plus de cinq mille euros coûte aujourd'hui une fortune pour une femme à faible revenu, même présentant un fessier de qualité supérieure.

Certes il y a une certaine dignité, une certaine humilité dans le comportement revendicatif de mes pauvres ministres qui les empêchent de s'exprimer. Je vois même au sein de mon gouvernement, *Darmanin* c'est un type plutôt réservé, c'est pour ça que je l'ai mis à l'intérieur. Quand il réclame du bout des lèvres un petit ministère, ce qu'il me dit en réalité, c'est qu'il veut la place de Premier ministre. Mais le ministre frustré en général ne dépasse pas *les bornes*. Il fait acte de concision. Il prend sur lui sa faim de pouvoir. Alors qu'il se contente de visiter les commissariats et la forêt des Landes qui ont pour point commun d'avoir été incendiés. Ne serait-il pas près d'avouer, qu'à ses visites sans intérêt, qu'il prendrait un plaisir plus grand à présenter un discours de politique générale devant une assemblée nationale rebelle, qu'il materait alors à sa guise ?

C'est vrai, c'est à moi, chef de l'état qu'il appartient d'aider mes ministres qui sont sur un siège éjectable par le seul fait du prince que je suis. *Bruno Lemaire peut le redevenir*, et *Elisabeth* peut faire un *Borne out, Darma... nain* reprendre sa place dans un jardin.

La coupe est pleine à l'assemblée. Dois-je y prendre garde ? La colère gronde, les élus sont au bord de la crise institutionnelle dans l'hémicycle. La coupe est pleine de champagne. Vous allez me dire, certains boivent pour oublier que leur chef de file c'est *Mélenchon*, d'autres que leur chef file du mauvais coton, d'autres fatigués de se faire enfiler.

Moi-même qui de par ma position suis un nanti, un antipathique pour certains, qui a tous les pouvoirs que m'octroie la cinquième république. J'encaisse crise sur crise d'un peuple de gâtés pourris, je me dis que ce n'est pas juste, dans le même temps, qu'un *Poutine* a dix fois plus de pouvoir que moi, et que son peuple doit lever le doigt pour lui parler, alors que moi ils lèvent le poing pour me le mettre là où je pense.

Il n'y a pas de Justice.

Gardez Sakharov !

Je le cite : *« C'est une manif. Je manifeste toujours tout seul. Quand on est plus de quatre, on est une bande de cons. Au reste, mes idées sont trop originales pour susciter l'adhésion des masses bêlantes ataviquement acquises aux promesses transpirantes du régime démocratique. »*

Libérez la Russie ! Libérez la Russie !

C'est une manif. Je manifeste toujours tout seul. J'aime bien l'idée que je suis seul à avoir raison. L'idée de meute m'exaspère au plus haut point. Je ne bêle pas bêtement par appétence face à une cause majoritairement bien-pensante, acquise aux promiscuités bienveillantes de liberté, d'égalité et de fraternité (*mon cul)* de nos régimes démocratiques depuis qu'on a coupé la tête du Roi-Soleil, si je m'abuse.

Libérez la Russie ! Libérez la Russie !

Qui parmi vous aurait le courage de se lever comme moi, comme un seul homme pour exiger que les Ukrainiens rendent les territoires qu'ils ont honteusement annexés aux Russes, que les femmes ukrainiennes cessent de faire des avances aux soldats russes, que les barrages ukrainiens ne cèdent pas dès qu'un soldat russe pète un peu trop fort. Leurs Infrastructures ne sont pas aux normes, les Russes ont le devoir de tout raser pour reconstruire, leurs civils sont nuls en deuxième langue obligatoire, les Russes sont obligés de les déporter pour leur apprendre le russe, qui ce soir oserait monter aux créneaux, comme on dit, pour manifester avec moi dans la dignité pour exiger que les Ukrainiens se retirent d'Ukraine ?

Zelenski est un véritable gredin qui a passé la moitié de sa vie sur les planches et l'autre moitié de sa vie à mettre des soldats russes entre quatre planches.

Et puis sa tenue vestimentaire, c'est une horreur. Du kaki à l'ONU, du kaki au J7, du *Kakou Elie* aussi.

Il joue les *verges effarouchées* et subodore à qui veut bien l'entendre qu'il a été pénétré à son corps défendant par les forces russes. *M Zelenski*, ne faudrait pas prendre vos désirs pour des réalités tout de même.

Les Ukrainiens n'existent pas. Ce sont des *Uchroniens*, qu'est-ce qu'un *Uchronien* ? c'est un peuple adepte de *l'Uchronie*, un falsificateur de l'histoire.

On est chez nous, on est chez nous !

Oui je manifeste tout seul, parce que comme je pus le dire, j'aime bien avoir raison tout seul, sachant que de plus en plus de Français tapis d'effroi dans l'ombre du Macroniste chancelant pensent comme moi.

Les *Uchroniens* sont coupables. Je peux le prouver. Ils construisent sciemment crèches et écoles à proximité des dépôts d'armement. Et comment je peux le prouver ? Au nombre d'enfants tuées par nos bombes innocentes, qui ricochent tels des petits jouets sur des toboggans d'enfants positionnés volontairement par *les Uchroniens* pour faire glisser nos missiles de croisière vers des petites victimes qui ne demandaient qu'à devenir citoyen russe. Trop tard !

C'est horrible, croyez-moi, toutes ces petites vies perdues qu'on ne pourra pas déporter, horribles, mais c'est de la responsabilité des parents qui laissent traîner leurs enfants dans les écoles plutôt que de les mettre dans des abris.

Je n'ai pas honte de le crier bien haut : Am stram gram et télégram, bour et bour les *Uchroniens* !

Ce n'est *pas troll* de croire que *Prigogine* avait une usine.

Hiroshima, mon amour…

Quel étrange cri

Je le cite *: Hiroshima amour pourquoi pas Auschwitz, mon loulou ? Cela dit, tout n'est pas mauvais dans le nucléaire. C'est une source d'énergie. Sans énergie on ne pourrait pas s'éclater. Sans pile, on perd la face, d'ailleurs à propos de pile… permettez-moi de vous raconter une petite histoire…*

Zaporijia, mon amour !

Quel étrange cri de déchirement venu du Kremlin : Tu me mines le cœur au moment où je dois te quitter alors je mine tes toits et tes tréfonds pour que tes larmes atomiques laissent des traces indélébiles pour des siècles et des siècles. Amen !

Quel étrange cri, Zaporijjia, mon amour ! pourquoi pas Tchernobyl Playmobil !

Cela dit tout n'est pas mauvais dans le nucléaire, c'est une source d'énergie fusionnelle, elle te saisit par les testicules, elle aime bien les glandes ! Mon endocrinologue m'a dit : votre *glande tyrolienne* a été mise à sac.

Je lui ai demandé si c'était grave, il m'a répondu : faites le choix des anchois, c'est rempli d'iode. Je vous déconseille le maquereau surtout si vous avez une femme assez jolie.

Permettez-moi de vous raconter l'histoire qui va suivre donc je fus naguère le triste héros.

Mon histoire remonte à l'hiver dernier, mais elle aurait pu fort bien se passer à une autre saison, tant l'anchois dans son bocal se moque de la pluie et du beau temps. Son indifférence me *déchoit* mais il en est ainsi.

J'étais en train de me *sarkoser* dans ma salle de bain, *sarkoser*, c'est *se raser et penser* en même temps à quelque chose de futile, quand je me dis : tiens, j'irai bien m'acheter un carré de pizza à l'anchois.

Ne faisant ni une ni deux ni trois ni rien du tout, je me rends chez mon boulanger dont l'échoppe jouxte mon logis.

— Bonjour, Monsieur, qu'est-ce qu'il vous fallait ? me demanda la vendeuse poliment dont ses *miches* auraient pu faire frétiller ma baguette. Mais là n'est pas mon propos.

— Je voudrais un carré de pizza aux anchois, avec son olive noire, rajoutais-je gaiement sur le ton de la plaisanterie qui sied à mon optimisme génétiquement programmé. L'olive qui venait de poindre dans la conversation comme une évidence pour une pizza allait devenir un point de discorde, voire un imbroglio commercial de petite tenue, soit dit en passant.

Jetant un œil discret sur l'étagère ou plantait le carré de pizza découpé en sous-carrés en parts égales, je constatais avec curiosité que sur la moitié des carrés de pizza étaient disposés six olives noires et sur l'autre moitié zéro olive noire.

Je dis alors à la vendeuse qui trônait derrière son comptoir l'air empressée :

Mademoiselle, auriez-vous un carré de pizza à l'anchois avec une seule olive noire s'il vous plaît ?

« Ah, mais vous voyez bien que c'est vendu sans ou avec six olives ! » glapit-elle au sortir d'un soupir agacé.

Or figurez-vous que je me targue d'être un consommateur jaloux de mes droits. Je sais parfaitement, je lis *Que choisir* ? Le meilleur qualité prix entre *Le Pen grillé* et la *soupe au Poutou,* car je lis aussi tous les mois *cinquante millions d'électeurs* dont plus de la moitié sont disposés à tremper *Le Pen grillé* dans *la soupe au Poutou* pour dissoudre la démocratie dans la dictature du prolétariat.

Eh donc, avec un regain de nonchalance sadique destiné a agité le bocal de ma boulangère un peu trop *accroissantée* à mon goût derrière son comptoir, je lui reformule précisément ma demande :

Chère Madame, je souhaite, et c'est mon droit, le client étant roi, une portion de pizza aux anchois avec une olive et une seule, svp !

« Ah vous m'embêtez à la fin ! Mon temps est précieux, vous achetez une pizza avec six olives et vous en enlevez cinq et le problème est résolu. »

« Je vous demande pardon, chère boulangère, je connais mes droits. Aucun règlement ne m'oblige à acheter six olives alors que je n'en veux qu'une sur mon morceau de pizza. »

« Bon écoutez, j'appelle mon chef. Monsieur Raymond ! » hurla-t-elle alors que des clients, se délectent comme du pain béni de la situation pizzaiolesque *voir olivaresque* d'un emmerdeur de première en ma personne bien nommée. Je jubilais intérieurement de ma géniale controverse qui pourrait faire jurisprudence.

Le chef boulanger sorti tout droit de son pétrin en me voyant jubiler eut le sentiment de ne pas en être sorti vraiment : mais que se passe-t-il, monsieur *Raymond Devos* ? Mon poids élégant n'autorise pas la comparaison, mais bon ! Sa gueule enfarinée explique son déficit visuel, sûrement.

Prenant alors à témoin les *clients meringués* qui bavaient imprudemment devant l'aspartame et le sirop de glucose, nous échangeâmes aimablement nos points de vue diaboliquement opposés.

Malgré la vente de fruits confits, Raymond le fit, mais il avait oublié d'être con. Sachant que j'avais parfaitement raison. Il s'en retourna chercher une olive noire qu'il déposa sur un carré de pizza sans olive. Il me dit avec panache, l'olive c'est pour moi !

La vendeuse devint alors invendable, sa mine s'étant brutalement déconfite. Je pardonne généreusement son incompétence à la vue de ses *miches*.

Rentré chez moi, c'est idiot, je me suis cassé une dent en croquant le noyau de l'olive.

Les rues de Paris ne sont plus si sûres

Je le cite : *« Je m'appelle Rachid J'ai vu que vous cédiez votre bail. Ça m'intéresse, dit le petit homme.*

Merde plutôt crever, dit alors monsieur Lefranc. En tapant sur la table, ça me ferait vraiment chier de voir un fainéant de bicot dans mon magasin. »

Les rues de Paris ne sont plus sûres. Tenez mon nouvel épicier, monsieur Rachid s'est fait agresser la nuit dernière.

Dans nos villes et nos villages, les maires ne se sentent plus en sécurité.

Ils n'osent plus sortir tout seuls le soir.

Tenez, mon maire, Monsieur Tournier, ni de droite, ni de gauche, un *sans quéquette* dont d'ailleurs sa femme parfois s'en plaignait, mais bon. Et bien ce brave maire s'est fait agresser devant chez lui de soixante-quatre coups de pied au cul, pas un de plus, pas un de moins, par des manifestants contre le report de l'âge légal de la retraite et puis des jeunes émeutiers ont fait de sa maison un barbecue géant.

Sans quéquette c'est ce qu'il affichait publiquement, mais tout le monde savait qu'il tâtait la raie de la poissonnière et parfois aussi mangeait goulûment *les miches* de la boulangère.

Le reste du temps, il le passait au conseil municipal avec ces deux fidèles adjoints, le poissonnier et le boulanger, deux anciens adeptes de la *loi Pinay* devenu par l'avancée dans l'âge eux aussi *des sans quéquette.*

Tout ce beau monde s'estimait mutuellement nostalgique du partage communiste et de l'économie planifiée à raison de deux fois par semaine dans des positions bien déterminées pour mettre en levrette l'économie capitaliste et ses injustices, criait monsieur le maire en pleine *fornication adultérine.*

Ils avaient une certaine idée de la France municipale : liberté, égalité, fraternité ; liberté surtout pour monsieur le maire, baiser toutes les commerçantes de son village, égalité surtout pour monsieur le maire, leur donner à chacune la même exonération d'impôt local, fraternité, surtout pour monsieur le maire, être un ami fidèle des maris de ses maîtresses.

Mais lassé par autant de violence à l'égard des élus et de sa propre personne :

— Femme, dit-il un soir sur un ton solennel qui ne lui était pas coutumier, nous sommes pris à la gorge par les dérives d'un système capitaliste qui a libéré les forces du mal contre les représentants de l'état même aux fins fonds du trou du cul de la France rurale pourtant si superficielle.

Madame Tournier opina du chef et elle en profita, car les occasions avec son mari étaient rares *d'opiner*.

— Hélas ! de la place de maire, quel démocrate en voudrait !

À quelque temps de là, alors qu'il glou glou gloutonnait devant un registre d'état civil un petit vin muscat pas dégueulasse à son gosier, il vit venir à lui un petit homme bien mis, quoiqu'un peu auréolé du drapeau tricolore. Ici on l'appelait *Monsieur Z* de la race des *Zemouriens*.

— Bonjour, Monsieur le maire, dit le petit homme, au vu des événements gravissimes je vous propose de démissionner de votre mandat et de m'aider à me faire élire à votre place.

— Qu'est-ce que me veut cet extrémiste de droite, ce raciste patenté, dégage donc de là, jamais je ne laisserai ma mairie à un *phobe* qui soit *homo*, *xéno* ou *claustro* !

— Comme vous voulez, monsieur Tournier, mais vous y viendrez comme tout le monde, la France y viendra. Le grand remplacement a commencé.

Après avoir brillamment défendu ses convictions, la nuit lui porta conseil et le lendemain matin il donna sa démission avant de disparaître en train, avec les *miches* de la boulangère et *la raie* de la poissonnière. On n'entendit plus jamais parler d'eux.

Dans notre ville, nous sommes très contents de notre nouveau dictateur.

Les jeunes ne traînent plus dans les rues. C'est le couvre-feu tous les soirs à 20 heures devant une émission au choix de *CNews* ou de *l'Hanouna*. Il faut que les électeurs de notre ville sachent qu'ailleurs, les gens manifestent toujours pour un oui pour un non, que les petites vieilles se font encore arracher leur sac, que *Poutine* n'est pas le monstre que l'on décrit, que des doutes persistent toujours : êtes-vous certain que *Zelensk*i n'est pas un nazi ?

Alors oui me direz-vous il peut y avoir des bavures policières, c'est pour cela et uniquement pour cela que l'armée a pris les choses en main.

Bon, les Checkpoint dans les quartiers tenus par des blindés au début ça fait bizarre, mais finalement ça rassure les habitants des cités.

Bon les immigrés se sont plaints à la *commandature*.

Ils ont préféré rentrer dans leurs pays démocratiques de l'autre côté de la méditerranée. C'est leur droit le plus strict. Le retour était gratuit avec repas offert pour les poissons.

Par ailleurs, je peux vous dire que les rues de Paris aujourd'hui sont de plus en plus sûres.

Pour preuve, avec nous, plus aucun élu n'a été victime d'une agression depuis plus d'un an.

On a employé la méthode forte. On a interdit les élections.

Il faut être demeuré ou cosmonaute…

Je le cite : *« Pour supporter la promiscuité d'un demeuré ou d'un cosmonaute dans l'habitacle épouvantablement exigu d'une cabine spatiale. Je me fais cette réflexion à chaque fois que sort d'un ascenseur à moitié rempli d'un autre être humain… »*

Il faut être vraiment demeuré ou cosmonaute pour supporter la promiscuité d'un demeuré ou d'un cosmonaute pendant six mois dans l'habitacle épouvantablement exigu d'une cabine spatiale. C'est cette réflexion que je me fais à chaque fois que je rentre dans un ascenseur à moitié rempli d'un autre être humain.

Ainsi l'autre jour, il rentre dans l'ascenseur. Plus exactement c'est Monsieur *Mélenchon* qui rentre dans l'étroit ascenseur.

Le genre d'expédition qui vous laisse face à face, ventre à ventre avec un compagnon de voyage que vous n'avez pas choisi, va commencer.

Une blonde de dos, par la stature de ses épaules masculines, qui ne lui étaient pas inconnues, est rentrée avant que la porte ne se referme, les enfermant tous les deux dans leur lune *de fiel*.

Il était encore temps que le voyage de noces ne cesse. Mais aucun des deux ne céda à la pression manifeste d'une rencontre cauchemardesque et finalement le lancement de la cabine fut mis en branle par le doigt ferme de la blonde qui affirma ainsi sa virilité de futur homme d'État.

La promiscuité de l'habitacle incitait nos corps à se frôler et la dame blonde lorsqu'elle se retourna fit comme si elle ne me connaissait pas et leva les yeux au plafond ou il n'y avait strictement rien à voir.

Et pourtant des ascenseurs dans Paris il y en a des milliers et la probabilité que ces deux-là aux extrémités de la vie politique se retrouvent dans un espace politique aussi exigu qu'une cabine d'ascenseur était quasiment nulle.

Alors que l'habitacle venait de décoller, nulle tendresse, nulle chaleur humaine, rien de ces petites attentions délicates partagées qui font le charme des randonnées amicales ne se dégagea de leur corps vieillissant alors que la cabine atteignit le premier étage.

Oui, *monsieur Mélenchon* ! oui, *madame Le Pen* ! le septième ciel vous attend à moins que ce ne soit le septième étage.

L'idée ne l'effleure même pas de partager avec elle sa passion pour *Jean Ferrat*, « *Ma France* », en référence à *Hugo* et *Robespierre* ou pour le couscous cuit dans un wok afin que le navet transpire, mais pas de trop, car en ces lieux la moindre odeur transgresse la pudeur, et elle, subitement excitée, d'imiter *Dalida* « *tout l'amour que j'ai pour toi* » en le regardant droit dans les yeux.

Entre les deux, le malaise s'installa dès l'instant du décollage, même si celui-ci s'effectua sans histoire. Vers le deuxième étage, il sent son regard à elle se poser sur lui. Alors il lui plante le sien à son tour afin de l'inciter tacitement à détourner les yeux.

Nous regardons, dit-il, le sol tous les deux comme deux abrutis, surtout elle, car moi je voulais vérifier mes lacets. Je découvris alors qu'elle devait faire au moins du quarante-deux, ce qui m'incita à pouffer intérieurement, elle avait fait quarante-deux pour cent à la dernière présidentielle, n'était-elle pas bête comme ses pieds ? Moi, vingt et un pour cent, et ça correspond bien à mon état de mâle de gauche en phase de *reproduction citoyenne*.

Afin de dissiper la gêne de la situation qui devenait presque irrespirable, aux abords du troisième étage, je tente de chantonner un air de *Jean Ferrat* communément communiste « Cet air de liberté au-delà des frontières, aux peuples étrangers qui donnaient le vertige » et voilà qu'imitant à merveille la belle *Dalida* elle se risque malgré, je dois le dire des traits de visage plus virils, dû peut être à une rage canine qui ne venait pas forcément d'une dent, elle s'essaye dis ai-je à une parodie d'une célèbre chanson *« Paroles... paroles... paroles... Paroles... paroles... paroles... »*.

Quoiqu'à peine audible, la cacophonie qui en résulte calme ma voix de tribun incomparable à l'abord du quatrième étage ou pour détourner l'attention, elle porte sa main à la bouche pour y moduler un toussotement volontaire destiné à créer diversion et par apprentissage post Covid des gestes barrières initiés par le *maître Véran*, elle me tourne le dos laissant légèrement son fessier effleurer le tissu de mon pantalon de flanelle et prenant une position que je qualifierais de *reproduction primaire*.

Horreur ! Ce demi-tour spontané de sa part le met très mal à l'aise et dans une position équivoque.

Aussi inébranlable que soient ses convictions de gauche et sa haine profonde pour ne pas dire viscérale de l'extrême droite, il en vient à prier dieu d'une *involontaire érection*, toujours à craindre malgré des positions politiques aussi extrêmes en cas de contact intempestif entre deux chairs humaines vivantes.

Une telle manifestation de sa virilité ne ferait que rajouter encore au grotesque de la situation.

Mais à l'approche du septième ciel, voilà que l'ascenseur s'arrête au sixième étage. La porte s'ouvre. Presque gêné de déranger une fusion politique finalement évidente entre des extrêmes prêtes à tout pour atteindre le Graal suprême, monsieur *Zemmour* se joint à eux. La porte se referme.

Prochain étage 2027.

J'ai envie de tuer quelqu'un

Je le cite : *« J'ai envie de tuer quelqu'un, c'est assez urgent, ça aussi j'aurais dû en parler à mon psy, mais finalement j'ai préféré en parler à mon armurier... »*

J'ai envie de me suicider tellement le monde est désespérant.

C'est assez urgent.

J'aurais dû en parler à mon psy, mais finalement j'ai préféré en parler à mon pharmacien.

Vous allez me dire « Mais non, tant qu'il y a de la vie, il y a de l'espoir. »

Non, c'est bien parce qu'ils sont encore en vie qu'il n'y a plus d'espoir.

C'est insupportable pour moi d'être fait de la même pâte humaine que *Sergueï Lavrov*, un cauchemar. Pour faire fuir les extra-terrestres qui vous demandaient avant de débarquer sur terre à quoi ressemble un humain, une photo de *Lavrov* suffirait.

Poutine, un être humain ! J'ouvre le *Gazprom* tout de suite et je me fais sauter avec tout mon immeuble.

L'*Hanouna* et son équipe à forte dose tous les soirs à 20 heures, je prends 2 cachetons chez *Genton* et je me vire par le balcon avantageux d'*Afida Turner*.

Le Pen au pouvoir, je coule en méditerranée avec les migrants.

Mon steak ensanglanté dans mon assiette qui ne se débat même plus, voilà que je me dégoûte de mâcher goulûment la viande aussi rouge que les morts du communisme dans les camps bolchevistes, je voudrais prendre la place de mon steak.

Moi, me voir dans une glace en train d'essayer de me reproduire comme un toutou en rut pour m'entendre dire plus tard par mon fils en train de cramer que je n'ai rien fait pour lutter contre le réchauffement climatique.

Heureusement je ne baise plus depuis longtemps.

D'abord il y a la fête des Mères, ensuite la fête des Pères Et la fête des enfants ?

Je le cite *: « Pourquoi ne célébrons-nous pas chaque année la fête des enfants ?*

Je vais vous en bidouiller, des vélocross sans selle, vraiment "tapeculs", avec deux couvercles de bidon de dioxine pour les roues et un os à gigot pour le guidon. »

D'abord il y a la fête de la Révolution française le 14 juillet.

Ensuite, il y a la fête du Travail.

Et la fête des glandeurs alors ? Des chômeurs, des arrêts de travail, des *RSsiste* ?

C'est la tendre pensée qui me montait du cœur l'autre soir, tandis que je faisais ma délicate déclaration mensuelle à pôle emploi afin de pouvoir prétendre à mon allocation pour *ma période glandulaire* et mes grasses matinées qui enveloppent mon ventre comme un bourrelet rendant encore plus confortable mes journées couchées sur mon canapé devant *BFM TV*.

Il y avait pêle-mêle sous mes yeux éblouis, tous mes arrêts de travail précédant mon burn-out, ma lettre de licenciement, tous mes refus d'emplois infligés à *mes emplois rieurs aux éclats*, toutes mes lettres de démotivations, toutes mes convocations à *poils l'emploi*, bref de quoi faire une méga fête des glandeurs.

Pourquoi ne célébrons-nous pas *la fête des glandeurs*, pourquoi les travailleurs et pas nous ?

Pourquoi les gens qui travaillent ne nous offriraient pas des petits cadeaux même symboliques pour nous remercier de leur laisser généreusement le travail ? Non, ils ne le font pas, parce que les travailleurs fulminent dans leur barbe. Oui, même vous, mesdames ! parce que vous dites qu'on profite du système, alors pourquoi ne pas nous laisser votre place et prendre la nôtre.

Ne serions-nous donc jamais « trouver du temps » pour nous pencher plus affectueusement sur ceux qui vivent de nos cotisations sociales, de nous élever, nous les chanceux travailleurs au-dessus de nos ambitions carriéristes, dont la tyrannie nous condamne à partir en vacances parce que le travail nous épuise.

C'est promis, je vais vous en donner, à vous tous les glandeurs, pour votre fête nationale des cadeaux : Tiens aujourd'hui pour la fête des glandeurs, je t'offre mon emploi de quarante heures au SMIC en plein soleil sur le chantier du grand Paris pour le coulage de dalles *de béton armé jusqu'aux dents*. Le patron est d'accord, t'as plus qu'à signer en bas de la feuille. Je vais vous offrir des *cadeaux emploi* :

Monsieur ratatiné par trente ans d'abattoir, à moins dix degrés à désosser des cadavres de vaches, se propose de venir vous *geler les couilles* à sa place pendant un an en échange d'un chômeur qui perçoit mille cinq cents euros par mois et prêt à lui offrir son allocation en échange de son salaire.

Policier en burn-out offre pour la fête des glandeurs son boulot à un manifestant, se proposant de venir comme lui, *casser les couilles* à la police pour lutter contre la déforestation sur les quais de seine due à la prolifération des plages sur les « bords de seine ».

En prime pour vous, les glandeurs, ce jour de fête nationale sera un jour férié qui s'ajoute aux 364 jours fériés dont vous bénéficiez déjà.

Certes je doute que ce jour atteigne les sommets extatiques du premier mai, la puissance poétique du petit brin de muguet vendu au noir à la sauvette sur une chaise de camping avec paiement en liquide obligatoire comme les cotisations de la CGT qui compte de plus en plus de membres actifs en dehors des quatre membres constitutifs d'un homme normalement constitué. On dit dans les couloirs que l'arrivée d'une femme à sa tête pourrait avoir encore durcir certains membres.

De bouleversantes *déclamations octosyllabiques* pourraient être à l'honneur sur des panneaux publicitaires d'arrêts de bus pour cette fête nationale des glandeurs.

Le glandeur

Ma vie est un enchantement
Quand je m'endors quand je m'éveille
C'est Pôle Emploi qui m'émerveille
Il est bien plus que ma maman
Tous les mois sans que je me réveille
Sur mon compte, un virement

Bof ce n'est pas terrible, mais le glandeur n'est pas poète il est plutôt *peau de bête* un peu rustre avec le vocabulaire et la grammaire. Bon, on va refaire. *Comment tu t'appelles, le glandu*

Salam !
Bon alors,
Je m'appelle Salam
Tout juste cinquante ans
Ce que j'aime chez Pôle emploi
C'est la fin de mois
Et son virement !

Non, ce n'est pas vrai, je n'ai pas cinquante ans
Bon, alors…

Je m'appelle Salam
Tout juste quarante ans

Ce que j'aime chez Pôle emploi
C'est la fin de mois
Et son virement !

Alors d'accord, mais c'est plus Pôle Emploi c'est *France travail* !

Vous savez quoi, vous commencez à m'emmerder Salam !

Bon j'ai cédé, il faut savoir céder de temps en temps, sinon on se laisse bouffer…

Je m'appelle Salam
Tout juste quarante ans
Ce que j'aime chez France travail
C'est qu'il n'y en a pas !

Il faut retarder l'heure matinale de se revoir dans le miroir

Je le cite : *« Quel con, ce Giraudoux. Encore un qui buvait de l'eau, on n'écrit pas Ondine impunément. Ondine ce n'est pas que de la flotte, il y a à boire et à manger. »*

Un agneau se désaltérait
Dans le courant d'une onde pure.
Un Loup survient à jeun qui cherchait aventure,
C'est beau ce que je dis là
On dirait de la Fontaine
Mais c'est de la Fontaine
À quoi le reconnaît-on ?
On peut boire ses paroles
Car ça coule de source
Vous me direz à juste raison, il manque la chute
J'exagère : on n'écrit pas le loup et l'agneau sans arrière-pensée.
Il y a, à boire et à manger surtout pour le loup
Rappelez-vous ce qu'il disait :

Qui te rend si hardi de troubler mon breuvage ?
Dit cet animal plein de rage
Tu seras châtié de ta témérité.
À se demander si le loup n'était pas un peu alcoolo
Le loup aurait pu être *un bar*
Mais pour cela fusse qu'il soit de mer
Mais cela aurait été *un congre* que le loup soit *un bar*
Et qu'un agneau soûlard se retrouva au comptoir.
Car dans agneau il y a eau et dans les bars des poireaux
Mais, vous pourriez m'objecter que ce n'est pas la même eau, car dans poireaux il y a aussi poire
Et qui dit poire dit eau-de-vie puissante et fruitée
Et du côté de l'agneau, il peut paraître suspect qu'à son âge il tète encore sa mère
Entre un loup alcoolo et parano
Soi-disant menacé par les bergers et des chiens,
Et *un agneau Œdipien* qui se prend pour son père
Et voilà que je me pose la question *Monsieur de la Fontaine* ne buvait-il vraiment que de l'eau…

Le trac

Je le cite : *« Le trac se soigne très bien maintenant. Il paraît que comme l'humour est la politesse du désespoir, le trac est l'humilité des gens de vrai talent. »*

Vous ne pouvez pas savoir l'arrogance qui a envahi ma suffisance naturelle le soir de mon élection à la présidence de la république. À ce point je peux vous le dire, c'est horrible.

L'arrogance, ça se soigne très bien maintenant. Le meilleur moyen quand on a le Boulard comme moi, c'est de faire des réformes impopulaires pour faire chuter sa cote de popularité. Il paraît que l'arrogance précède la chute, Pouf Pouf, pardon je pouffe, quand j'entends chute, mais même la calvitie n'a pas osé s'attaquer à moi.

Je vous pose la question suivante : connaissez-vous un homme ou une femme politique humble et modeste ? Bien sûr que non, tous sont arrogants et sûrs des actions à mener à bien pour redresser le pays. Tenez, l'aberration sémantique du président Hollande qui promettait inverser la courbe du chômage lui qui en matière de courbure abdominale maîtrisait parfaitement le sujet. Et puis que dire du président Sarkozy et de son célèbre « casse-toi, pauvre con » alors qu'en France en 2023 y en a jamais eu autant !

Je déplore d'en revenir à des considérations bassement *psycho stomacales*, mais l'arrogance peut donner lieu même en haut lieu à *des colopathies péremptoires* dues à des comportements *de culs pincés*.

On peut parfaitement lutter contre l'arrogance en utilisant la *méthode Coué. La méthode Coué* pour ceux qui ne connaissent pas c'est une méthode de guérison par autosuggestion.

Le plus souvent ce sentiment d'arrogance et de mépris naît d'un sentiment confus entre : attention c'est moi, je suis le plus fort je suis le plus beau je suis le plus intelligent, je suis *Emmanuel Macron* Président de la République et, vous m'aimez, mais pas moi, mais confidence pour confidence c'est moi que j'aime à travers vous et même de rajouter le bougre dans sa chanson qui me va comme un gant, et si ça vous fait peur dites-vous que sans moi vous n'êtes rien du tout.

Et puis voilà, c'est là qu'intervient la méthode Coué, ce qui me rend arrogant, c'est que je pense que je n'ai été élu que par un certain nombre d'imbéciles, d'arrivistes sournois, de rétrécis cérébraux, de cons joviaux, de salopes à curé, de flamboyants crétins, de flatueux mondains, de maquereaux obscènes, de harengs intègres et de morues dessalées, de fumiers d'ordures et même des footballeurs, c'est dire… Fort de cette certitude, le Président de la République se montre au-dessus *des glandes génitales masculines,* plus communément nommées les partis et il se montre méprisant.

Alors nous y venons ! La *méthode Coué* consiste à penser contre mon redoutable cerveau, contre les évidences en me persuadant que non mon peuple n'est pas composé d'un morne échantillon caractéristique de cette *médiocrité moutonnière* qui fait qu'ils skient en hiver et nagent en été et manifestent dès octobre, le temps de digérer leurs vacances avant de glisser un bulletin RN ou LFI. Je dois me persuader que je ne mérite pas mon peuple de *Gaulois réfractaires*, que je ne suis rien, que je suis le néant. Les sondages me disent que j'ai disparu des radars, que je suis au fond du trou. Je dois me rendre à l'évidence, je ne vaux pas mieux qu'un ramasseur d'ordures de la ville de Paris. Merci la réforme des Retraites, la meilleure *méthode Coué* pour descendre de son estrade. D'ailleurs dès demain, je mettrai ma tenue d'éboueur pour être là où je dois être, à ma place désormais, un premier de cordée.

Oui, demain, j'y serai dès cinq heures du matin…

Oui, j'ai deux mots à leur dire à ces cons qui ont laissé pourrir Paris…

Le miroir

Je le cite : « *Par hasard, en ce miroir, mon regard a croisé le mien. Et j'ai poussé ce cri aaaaaah ! en m'apercevant que j'avais oublié de me maquiller. Je vis cette tronche, cette sale gueule, cette tronche mafflue au regard somnolent de chien de bistrot...* »

Ne croyait pas que c'était facile d'être le chef de file de l'extrême droite en France. Je m'explique : il y a là autour de moi dans les coulisses avant mon rassemblement une tablette sur laquelle sont installés divers objets dont la présence s'impose à mon équilibre psychique autant qu'à mon légitime bien-être. La photo de général de Gaulle dont la seule différence notable entre lui et moi, c'est la taille. Il y a aussi une photo de la Crimée russophone où j'irai effectuer mon premier voyage en tant que chef d'État et une photo montage de moi ou j'apparais drapé des habits de Président de la République.

Dans quelques minutes je débarque tel un extra-terrestre aux grandes oreilles dans une salle archi pleine tout ouïe à ma candeur d'orateur et je consentirai à me livrer à vous pour vous extraire du quotidien morne et plat où je vous sens légèrement frustré.

Parmi ses humbles bricoles *une bouteille d'eau de Vichy* dont tout le monde sait que j'apprécie son administration et les effets bénéfiques de son régime gazeux et quelques petits mouchoirs de papier pour essuyer les quelques larmes d'un charter, quittant dans le petit matin pâle et embrumé, le quai vers le chaud soleil de l'autre côté de la méditerranée.

Et un petit miroir pour contrôler une dernière fois mon visage ingrat, mais souriant prêt à affronter une horde d'excités prêt à exulter dès que je prononcerai le mot d'immigré. J'ai cette capacité à regrouper dans une salle fermée comme dans une cocotte-minute toute la haine et le ressentiment de millions de Français prêts à exploser.

Par hasard dans ce miroir, mon regard a croisé, le mien, et qu'est-ce que je vis dans ce miroir, ma tronche, cette drôle de gueule dont le but est d'attiser la haine de l'autre pour rendre mon peuple heureux. Ce mufle aux joues molles que je suis, qui se doit de jouer ce rôle ingrat qui fait que beaucoup me détestent non pas parce que ma bouche est trop fine, mais parce qu'il n'en sort que de la punition et des représailles, non pas parce que ce cou de coucou, qui fait des cocus d'une idéologie primaire, grince quand je tourne ma tête vers la gauche, parce que je manque d'huile et que rien ne glisse sur moi. La rancœur me colle à la peau comme du fromage qui pue, s'accroche sur mes canines telles sur les dents d'une râpe, et mes fossettes en action de mastication sont celles d'un *fossoyeur d'idées humanistes*.

Ne cherchez pas sur mon visage, il n'y a pas de grains de beauté. Dommage, m'a dit mon dermatologue, car un grain de beauté bien placé peut masquer la laideur qui l'entoure.

Alors oui, ne croyez pas, je suis mal dans ma peau, car je suis un être sensible. J'aime mon chien.

Je me sacrifie pour que mon peuple ne soit pas remplacé par un autre peuple.

Mais oui, j'en veux à dieu, pourquoi moi ? Pourquoi moi d'extrême droite ?

J'aurais tant aimé être séduisant et de gauche. J'aurais tant aimé plaire d'emblée, irradier le monde comme *Tchernobyl* au premier regard, sans attendre l'âge de ma première fuite urinaire, contaminer de ma beauté tous les électeurs dès le premier tour quitte à leur transmettre un cancer de la thyroïde.

Dieu m'a fait une gueule qui m'oblige à gueuler des insanités pour exister et même avec mes grandes oreilles je n'ai jamais pu décoller dans les sondages.

Newman

Je le cite : *« Qu'est-ce qu'elles lui trouvent à Paul Newman ? Qu'est-ce qu'il a de plus que moi Paul Newman ? Non, mais je pose la question : qu'est-ce qu'il a de plus que moi Paul Newman ? »*

Qu'est-ce qu'ils lui trouvent les Français à *Macron* de plus que moi ?

Non, mais je me pose la question ; qu'est-ce qu'il a de plus que moi Macron ?

Nous sommes étonnamment semblables.

À quelques détails près, en long ou en large, quelques tout petits millimètres en plus ou en moins entre les deux yeux. Quelques rondeurs ou aspérités de plus ou de moins par ci par là, des broutilles. Ne pinaillons pas sur la finition. On a le même nombre de jambes, le même nombre de fesses, le même nombre de bras. Une fois dépliés et étirés, nos intestins respectifs atteignent approximativement huit mètres et demi de longueur.

Lui et moi affichons au thermomètre anal une température moyenne de 37,2.

Son corps comme le mien contient grosso modo 70 % d'eau et 30 % de viandes diverses.

Bon, lui il a une queue, moi pas.

Lui il a été élu deux fois, moi pas

Rothschild

Je le cite : *« Au niveau de ma santé, je dois dire que j'ai bonne mine. Reconnaissez qu'à l'âge que j'attrape, j'ai le teint frais et les métatarses en sourdine. Ce matin encore j'étais séronégatif... »*

Je suis premier de cordée.

Je suis pompiste chez Total.

Au niveau de la santé, à l'âge que j'attrape, je fais le plein d'Énergie du matin au soir en voyant les chiffres des compteurs défiler sur mes pompes, ce qui me donne du gaz, parfois trop, me dit ma femme.

Ce matin ma tension pneumatique était excellente autour de 2,5 bars, je ne suis pas du genre à me dégonfler facilement même si parfois le soir je suis un pneu crevé.

En tant que pompiste, personne ne me met la pression au-dessus de moi, mes supérieurs hiérarchiques, les huiles comme on dit chez nous, chez Total, tous les problèmes glissent sur eux.

J'ai foi en l'avenir de l'homme, et j'ai une réduction de 10 % sur tous les carburants, je sais que l'homme blanc continuera à se creuser la terre chez les pauvres pour apporter du bonheur aux riches.

Au niveau de ma vie privée, je dois dire que j'arrive tous les jours à puiser l'essence même de mon existence.

J'ai un enfant, il est né en 95, en 98, malheureusement, elle a fait une fausse couche, on avait mal resserré le bouchon de la vidange. Mon nom de famille c'est « *Nol* », alors notre fils s'appelle *Ethan*.

Et puis en amour je suis comblé, ma femme me fait la vidange à volonté, nous au garage, on n'aime pas que les outils soient mal entretenus et puis vous savez les lubrifiants, ça nous connaît.

Question logements, voitures, loisirs, je dois dire que j'ai tout à la station. Avec ma femme quand il fait chaud on fait les fous avec les rouleaux du lavage automatique. Elle ! ça l'excite les franges humides, alors après elle me fait la vidange complète, *bite et moiteur*.

Au plan politique, je dois dire que je ne suis ni totalement de droite ni totalement de gauche. La démocratie, ça me va tant qu'elle laisse les dictateurs foutre la paix à ceux qui s'épuisent à forer. En tout cas je ne suis pas raciste, en Afrique il n'y a que de l'or noir et ça ne m'a jamais dérangé qu'il soit noir.

Les droits de l'homme, c'est bien tant qu'on laisse l'homme libre de creuser son puits.

Quant au réchauffement climatique, avec ma femme tant qu'on a les rouleaux de lavage, on s'en brosse la carrosserie avec le pinceau de l'indifférence.

Alors, je pose la question : « Je suis peut-être premier de cordée, mais qu'est-ce qu'il a de plus que moi, *monsieur Pouyanné* ? »

Claudel

Je le cite *: « Pourquoi riez-vous, j'aimerai tellement vous émouvoir...*

Qu'est-ce qu'il a de plus que moi Paul Claudel ? Qu'est-ce qu'il a de plus que moi qui vous les nippes Pouf Pouf... qui vous troue les tripes... »

Dès que j'entrouvre mon orifice buccal assorti de quelques dents chevauchantes dues à un appareil dentaire que, dès l'âge de douze ans, je rejette avec force, avant qu'il ait atteint par serrages successifs, la plénitude de son travail. En même temps que je rejetais cet arracheur de dents, ce fabricant de mauvaise haleine et de morceaux de salades pendantes, car accrochées à la ferraille comme un trophée, dès que j'ouvrais la bouche. Vous riez ! Alors que je n'ai prononcé que la moitié d'un mot ridicule.

J'aurais tellement aimé vous émouvoir…

Comment faire pour vous chavirer le cœur, les tripes et les intestins (même si c'est pareil), qu'avec mon seul verbe décapant les plafonds de verre sur ma petite estrade, moi qui ne connaît pas dans mon entourage une petite vieille qui s'est fait arracher le sac plastique de Lidl et sa Rolex, moi qui n'est pas était violé par mon père, battu par mon oncle, giflé par ma sœur, mordu jusqu'au sang par le caniche de mes parents qui reluisait de la touffe bien plus que moi, le peigne refusant de rentrer dans ma tignasse pégueuse d'adolescent de peur de s'y casser les dents.

J'aimerais tellement vous émouvoir…

Qu'est-ce qu'il a de plus que moi le poète ? je vous pose la question.

Je sais, il vous faut du malheur, surtout le malheur des autres. Le mien tient donc, ça vous intéresse n'est-ce pas ? Pour vous faire pleurer et avoir le sentiment de rentrer dans votre argent. Bien rire, bien pleurer c'est comme quand on sort du restaurant le ventre plein.

Alors oui, quand j'étais petit, mes parents sont morts. Les pauvres. C'est pour ça que mon père n'a pas eu le temps de me violer.

À l'orphelinat je pissais au lit. Les sœurs, *ces saintes qui me touchent,* me punissaient. Alors pour me venger je tirai sur ma quéquette et je dessinai une croix *spermazoidale* dans les draps en signe de réprobation modérée.

Je sais ce que vous pensez, ce n'est pas poétique, et puis y a trop de sexe. Vous êtes ingrats, j'ai sacrifié mes parents, j'ai sali mon père ce saint homme, j'ai blasphémé, pardon ma sœur, je me suis décrit comme un *urineur professionnel parkinsonien,* mais que vous faut-il pour que je pénètre vos âmes qui ne s'offrent qu'aux sanglots longs *verlainistes*. Ah ! il vous faut des feuilles mortes pour vous tirer les sanglots longs de l'automne, je vous dirai, pardon, mais c'est un peu léger.

Mais qu'est-ce qu'il a de plus que moi, *Paul Verlaine* ?

Eh bien, voilà

Je le cite : *« Ben voilà, je ne voudrais pas vous mettre dehors, mais c'est l'heure d'aller baiser. Je suis désolé, mais à part un catarrheux et deux pétomanes, j'ai été pratiquement le seul ce soir à exprimer clairement mes problèmes. »*

Tout a une fin.

Surtout la mienne.

Mes jours sont comptés.

N'essayez pas de compter, je ne vous dirais pas combien il me reste.

D'ailleurs, vous, monsieur qui riait bêtement au fond de la salle, vu la couleur blanchâtre des cheveux qu'il vous reste et votre teint aussi grisâtre que les quatre dents qui se battent en duel pour savoir qui va mâcher le pot de feu de madame, et cette trachéite racleuse et glaireuse qui m'a incommodé tout le spectacle, c'est moins de trois cents jours. Ah, mais monsieur a trop fumé, c'est évident, même votre cerveau part en fumée, vous riez alors que vous auriez dû déjà être parti faire une radio des bronches. Non, je ne dis pas à monsieur qu'il a laissé sa radio allumée et qu'il a fait la tronche pendant tout mon spectacle, vous savez sans être désobligeant devant madame, ça rend sourd, paraît-il.

Oui, mes jours sont comptés comme les vôtres.

Moi les miens, c'est mon docteur qui les a comptés devant moi.

Il m'a dit je vous fais une ordonnance pour deux mois.

Je lui ai dit, mais normalement c'est à renouveler tous les trois mois.

Il m'a répondu froidement : c'est la dernière. Dans morphine y a *mort in fine*.

Haute couture

Je le cite : *« Heureusement qu'il y a la poésie et le cul, parce qu'à part ça je ne m'intéresse strictement à rien dans la vie. Rien du tout. Le foot je m'en fous, la bagnole je m'en fous, Dieu je m'en fous... »*

Oui, heureusement que j'ai mon chien.

Car à part mon chien, rien ne m'intéresse dans la vie. De la politique je m'en fous.

De *Macron* je m'en fous, de *Mélenchon* je m'en fous, de *Le Pen* je m'en fous, de la guerre en Ukraine je m'en fous, de l'inflation je m'en fous. Pour ou contre les immigrés je m'en fous, c'est comme pour ou contre la fermeture des zoos je m'en fous ! du moment qu'on n'emmerde pas mon chien le reste, je m'en fous.

L'autre soir un ami lors d'un repas me pose une question idiote : toi qui aimes tant les bêtes si tu vois une vieille dame et son chien en train de se noyer, qui tu sauves en premier ?

Ni l'un ni l'autre j'ai déjà un chien.

La politique comment vous dire à quel point je me fous de la politique : la politique occupe autant d'importance dans mon existence que mon ex-belle-mère en avait à l'époque où j'étais en *osmose œstrogène* avec sa fille, les mots me manquent pour vous dire à quel point je me fous, je me contrefous de mon ex-belle-mère et de sa tête de veau persillée du dimanche dont le regard hagard me faisait froidement penser à sa fille lors de mes chevauchements sauvages et intempestifs. Tenez à l'heure où je vous parle, l'absence de ma belle-mère dans ma vie ne pèse pas plus lourd que ne pèserait la mort de *Céline Dion* dans le conflit entre l'Ukraine et la Russie.

Eh bien, il en est pour moi de la politique comme de mon ex-belle-mère. L'une et l'autre occupent dans ma pensée la place exacte *de Milan Kundera* dans la pensée de l'*'Hanouna.*

Oui, il n'y a que mon chien qui compte surtout depuis que ma femme s'est tirée avec le boucher du coin tête de veau compatible.

Moi, elle me disait toujours que j'étais un cochon avant l'amour, un porc quand on avait fini ;

Mais qu'on ne me dise pas que le boucher c'est un agneau, les règles de madame qui vont lui rappeler sa routine quotidienne, et puis ça la changera de moi, il lui tâtera le foie, la tripaille, les rognons et même le mou, oui le mou, elle qui fume comme un pompier, faudra la décarboniser.

En même temps quand je vous parle du mou ça m'émeut, ça me fait penser à mon chien

Haute coiffure

Je le cite : « *Il n'y a pas que la mode que je n'aime pas. J'aime pas non plus les chanteurs, les olives vertes, Roland Barthes, la joie dans les yeux d'un enfant, les racistes, les Arabes bien sûr, et les mecs qui ferment le bouton du haut de leur polo...* »

Il n'y a pas que la politique que je n'aime pas. Je n'aime pas la démocratie. Enfin je ne comprends même pas qu'on élise des gens pour être gouverné, c'est simple je n'aime pas les gens qui votent, je les trouve surfaits, suffisants, *boboïser*, *hepadisés* : a voté ! et toi pour qui tu votes ? Dimanche je vais voter, c'est important ! Mamie ce n'est pas toi qui décides, ta gueule ! mais pour qui ils se prennent ces dégénérés du bulletin, des *urnomanes* adeptes de la glissade dans la fente, de la jouissance de la participation.

De tout mon cœur, de toute mon âme, de toutes mes forces je hais la démocratie et ceux qui la représentent.

Comme un pou, le parlementaire est un parasite pour la pensée unique. Il me fait penser à mon coiffeur et savez-vous quel est le rapport entre un homme politique et un coiffeur c'est que tous les deux rasent gratis.

Et pas que ça, j'ai horreur qu'on me prenne la tête, encore moins par-derrière.

Mes cheveux en bataille ne sont pas moins utiles que vos batailles parlementaires inutiles. Foutez la paix à ma tignasse, occupez-vous du poil que vous avez dans la main. À ce propos, pour mon coiffeur je crois deviner d'où viennent ces poils, mais ça pose question pour les parlementaires. Sortez donc vos mains de vos poches trouées !

C'est quoi la démocratie, c'est ce coiffeur qui dans mon dos tout en me triturant la raie d'un côté ou de l'autre débite sous couvert de la liberté d'expression ces *commentaires négrophobes chartériser*, la *palmadisation* des accidents de la route stupéfiants, *l'Hanounanisation* de l'esprit critique des arracheurs de sacs qui prennent lieu et place des arracheurs de dents, des *influenceurs flatulents* qui vampirisent ce qui pouvait rester d'alphabétisation chez les jeunes, *You tubés* jusqu'à l'os. Non, je hais la démocratie ! mais fermez donc vos gueules, les coiffeurs, contentez-vous *d'épiloguer* la barbe des vieilles rombières.

Et puis la météo, mettez-vous là où je pense, vous verrez, il fait toujours 37,5 de température moyenne. C'est la *culnicule* permanente.

C'est décidé, je pars vivre en Corée du Nord, là-bas les coiffeurs sont *bridés*.

Imprimé en Allemagne
Achevé d'imprimer en janvier 2024
Dépôt légal : janvier 2024

Pour

Le Lys Bleu Éditions
40, rue du Louvre
75001 Paris

www.ingramcontent.com/pod-product-compliance
Lightning Source LLC
Chambersburg PA
CBHW062345010826
49168CB00024B/267

* 9 7 9 1 0 4 2 2 1 6 1 9 1 *